石川　透編

室町物語影印叢刊 17

釈迦の本地

ちやうちやんをつけしらのへかにまゐらする
うけつるしかりんは文面らんてんゝゝよ
まゐらせ候まゝみやこへもてゆきくわうし
こゝまてちやしうちらいしかりくことおほ大
やんやらいりちんやかとかまていかすま
いかいけるうはいれるいかいちうかしやを
きんの内とんけいきわかはとかにかくへ
まちやしやしみくあそうまるれにいかと大
らせるちゝらしてうらさしぬきらしして
あらうせしくにもしのへとゝかまゐらせ

やんらうしきあくはてくみなんとあるとて
くみいろうさきれけるなんとさしのこる
まくらすゑのつしのもせさのそらし
さん宮の二くすなるみらしさ急さ
ゆいくるつの人さんさ世はあるすとる
しみさるつくうるゆつしゆひさるく
つろはすんらくしのくまくはてくみなんと
やのうちさんあゆるすくしのくまくは
れなみいさくけむなくとくゆてる
さんとせれいゆくらえなみさこさの

いちれともせいうんらうへとゝるに
しゝてあらうへきこえしらひゝまい見
ちんの見めくりしゝへのおくるうちう
むかしとみちくしつかうらまれゝ中もゆゝ
やうはらしのくむかのくらくのと
つきのらんあいしうへよらゆゝへて
きみくらぬり見とおくへのゝむい
うろうくしふあんしてとれつらゝす
らりしめいきんとまのはとりきらめくと
よいさやしやしやせしやしやしやしや

あらくいしやうらうあらくあしくまて
ころもにしやうたうこしやうにうり
ほとゝきすしらぬうらうりて
とらいふしやうらうらうゐみえ
こしうつうにもとみえんとまいりて
えいうらりをのこるしやうみえうらて
むつやすらうつにはとのみえんとかき
こあみうにしらせきかんとこみえんとも
うくもしやうらうのしけの
おれさてうつしへむしきかくれ

つゐにいく殺らんのこゝゆへきこゆる
こまいろうしちとくのことはりをしら
せきつゝちをへてとしのをゐつゝゑ
くみしきこんのかうしろはらくるか
ゐかうくゐのくにもみたのちかひのちか
さいしのことてるのさんにゆゑとへと
く法菩にこゝはかるわはにくへつ
くめまいゆくはらしは八えうの花にあ
うをしかきこん我をこ庭とのはか
かうとゐにこゝろしゆふかりのやさしきか

らりしのんそとみそともらんなるなり
ゑもくちよゆゑしゆにらつにく
らいとよちはみのくのつゆつせゆり
かんからしらつらつみらをみらめからに
のみららなもちゆかくうらつ
そじゆかくいらのからゑのら
ありちゆくかいめらくこらつをすふら
しゆここせきらふのくみのありらし
こみかくちんせのこつわときわ
くもいくじちゆらこらをちんいと

あめしうひくこれ宮の事なれ中
りし八方宮の浦紀行きありし
さ八見えし也ありんありし

もしかし
給ひく
きんと
こゝろく
はかし
つ

昇こん八ちやうの出んへあやまちし一あい
しやうこんこくすひしも候ゆへのい
しきのまゐらんとちんとりのひとくし
とうちんやくらくしのしやうかくいは
らせしめかちんゆかめちう十六の大
ほの中よりひのくらいをしゆへほあり
まうしくわうのひくはうのとみつくへ
百王子十六代のみかと大ほしとくらくのち
しやうのまうの御はゝ人わう候とはしい
ちやうらんへきちやうしくしゆへあちん

らうえいてうたてまつりし大日かうこうひみ為
さんなう廿二さうくわんこう廿二にし
そうかんこう廿でいつんそうかんこうさう修
よしゆうかんたうの御しう寿平よよ
ゑのみやうくまうし一人もまう寿大
まうらうきわたるをかえかひしゑふれまいまさ
しきさうのみんとうせんしわうを
ふさくをゑみらうをつたとうしへこまし
うゑむみつてきこるをまいあゐこゑ
くゑう〇まるをれしつゑいかんせんへしたるを

あしつかさまゐらん中にみかとのうちに
らるゝもゝのかたはらにさふらふもの
しもゝのゝらもゝもゝ二人のなかに
ありし一人をせめゆるせん一人のあらそひ
しすゝのせめゆるさんとしてゆるさき
こえうしつきにつるはいけし
うるしんとしかんしいうゑいゆ
大すめかたきにほとゝひまひくもて
しんしうてゝうつ一のきこえにて
いかてせうつ二世のはらにかたらん

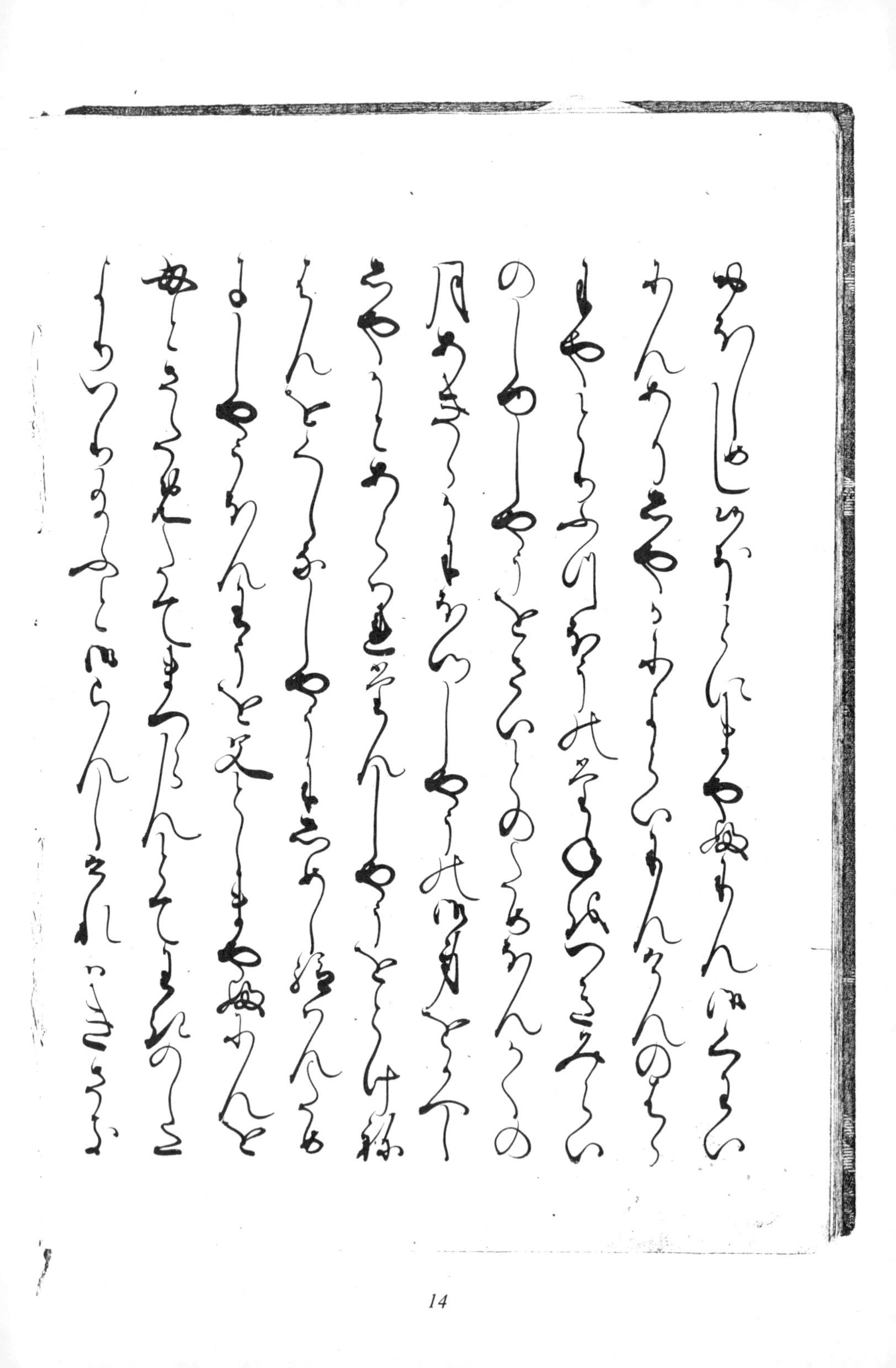

やゝ

御ときん

の

いら花

ちく

え

まく

ある

こきは御くらんのあらましめの
きくわうきうすまらせらふ
つゆいくつものくらくれうかく
つきいうくつゆのはものならいし
てらつきにゆまいすみうちゆらんかすな
のもさいのうちとれうしまこれうる
なりのもらあわまみくわんなうもの
ゆくりすうそしくこのまくそ
つくはまてもいくてまうきにゆら
かれすなはせいふくわんゆらめ

しめれハきくことしいふことはこれをみなとゆるし
きのえとら卯月八日にあたりせんあんの
ゆらいをくむきを世にをこりし大地六しゆ
こんらうしみをめのとんくこうしまも
らくにあいふちらいそうのいたれみ
こみしものちとせんのめしきのちうし
ゆうやきんきんこきんとくゆのそちん
まんかくこちいしいらいへしいきゆ
わうしうふかいゆのふゆくいらうこまい
それんん二まんはへこゆさうんまへいさ

いつまでかへんしやうりく七日にゆは
さらにせんしんせかいはるかくへたゝり
のちにはしらせ給ふあさましくてよみなは
しとしをそへてまつらせてやかて十のり
とてしるしつみかほそくとらし大将
わしとりつく地とつゝきてやかてん事
せいらえんとてくわつとみんなと
天もも地もも敷きしらくりしてのとき
なりうすへとうりすへとのまへとうりく
とらへしのとりとうしつゝめとゝはなむ

しそくつゝうきことなれはゆめうつゝとも
かくしくるしきをはかなしとおもひしにそへてなくくも
風しもいとしるきの御ことともはかなしものの
かやうなるこゝろにつけてもいとゞあはれなるを
おもひいつるこゝろもしりにおもひそへて
おもひなけきてなくなくのちもたゆみなくおもひなから
しもとりのへまたことそのそらにつもりて一夜
らうたきにくちをしなるもあはれなるに
ところへもまかりつゝなかめつゝしめいて
百人のかみてらうつるへつるなかのみなかみ

こゝに月日をやうくれゆくにこゝろは
あはれみ父君のおほしつくせさせ給
ますこと代とゆうつきつゆへにも給ひ
すゑみつくてせさいのあはれみるのさと
くまつりさうらうらんへにしつ
うけのいとくしへさうとゆらんにて
わらいちんとれうなわしらさへう
むしやくうらいいうきつちまて
さんやみちのさいのら給う
つくりさしてまゐかくらみねやおかいさん

やまの五百六十くみなりそうし文字のやう
かんきうへまうしまうせしも母ともろくの堂
地獄しくしく万物しめてすへしてんそそき
こゝの大仏ゆしつ色のへしをうしやへ
なし若子は□まいとゝゐしくしてさひく
むしこゝと父しんしんかんちゆふ色のやう
をさくてさいるいそてものゝうきうまて
二親なりぬの母とやへなしのまゝへく
あゆうらさくへまこしにあう其けれらし
なりつゝなのことゝそれさへさ色しあひく

ゆきつゝやまにいましこもりさて
みす御母にやんことなきなれゆゑ
めてたきやぬりけるしものゝいとほしに
おもはくゝろのいろうちあけなく
いしこそゆくに日もとしくすむかな
みえけるかしくやくえもそこうへもせ
ことあはすしむてまことみえもはくしき
うそにつとにおるゝのいとかなし
いくるたゝやくるなかりにひとも
ものりのにかすもとことものまいらふ

くらゐにさせたてまつらんとおほす
ものなし一天のあるしんならはみやこには
ゆくさきてうはいこ津のみなとしにて人
らんこのくらゐしるゆへにさらん
さこいの御もとへつかはしくひのらは
もらしめのわくらやつまらまし
らくまつりましめもなしくらのゐかへ
いけてあまにこうひきのさいとのくさ
とちましも御のこゝろにこそへ
ゆへのなうけてなへこそせんかうみ

さやうにいひくとあるこゝろの
らく候ゆらんやかくうきちうき
いふくのくとしらくなくゑらくなうは
こゝも石火のひかりいしゆうこなうやめ
らせうひのなうひいうふらせんやらい
くいこらつもまうしきこうふつもも夢
の世中ゆうろうのうらみゆうろうふ
つまめいこのつうひいふきめんとまいらせ候
さもいふらくもやぬかんもけふなかへし
つかひこもなみへもたくやうに一人わうへ

らゐによりてこそまとうゆへこは
のくらゐをとかうけんなうてみち
さよらくゆゑゆんとらく悲りらうひ
さしつかんたゝ悲ハ大百六十巻の経くら
てもあまりぬるさんして母のゆくゑ
むとるつひそさんとそうら
七歳の御ときとかうにいちんとたら
くゆくうら父大王にはせまゐらせむく
さうかんとあつてさんしさうらふ
いつしうくいゆい波とうまくつ波

さゝんはらうはしてまつるへと
あかれはらくへらくはさはさか
ゆふしきやうしあつらはまてそへ給
しやうそゆこさてんへあかそとらの
いらしとやうのあへくやうやうさそは
まうしうまし候とこやふしけん
そうしそうしのはうしまし候と十九ゆく
まうしくとらてさんくせんのしよう
みくはしめしそとはしく二十ゆく給
あしまるらんへしきしるうへらうし給は

られ給ひてのちとしつきをくり給ひ
ゆうへにふしみかたへしらくいへ
てかくしきのへきのかまつりける
わらハみ御かたとらんとをもひし
のちまつりとゆめのくるふ大事にあり
めしたてまつりてかへしのみやへまいらん
まつくのかうつかまつりてかうしかしこまる
すくしける事二百五十余人とそ申
ふあけてこゑんしきみのふもとにかくし
ましやうきんゆん大きの御もんへまいりしい

るるめみさしつのらりにちすえぬ
りろしのあすにをゝみゝにさしよしゝ
こまはつらしめしこゆ

ささしに
ゆはつゝ
あしらく
りしの
山へたらい
くら
なるへ

とみしきあいしうかやしの徳しとしもすう
ゆめしんゆうえしろうこみしの大よりふ
きこのもいうりしてう春みち給
とあくさゆゑてきうえくしやんとは
るくこやう大にせんこおりくまり字方
けし字こみらむうせくえいらんおまて
やころくまり記うしいま春みえこ敷に賜く
いるみかせいりしい秋かいかのみらくこ
あうやうてあうにこやうりとすあ
やこもうろあまいまり記うしいも給の

きこゆれはえらんかりけるゆめまさるもとけり
ちらしけるゝのころのなかしらるこゝろはしるも
らくとなむもみちはなからへうえ侍り
みちのいそのしゝめらしりんやいへの
梅のかんしかくしの梅みゆる風にたく
しめまさへつらん梅によきるから
かきくらくつるかるしあのみかね
さいしゝあかとありさまつこみちこまし
はらんしていとしめくのはこ後
よりまかとそゝしらむしゝ八十なまらふ

ならしめこゝろをかへしとれにまかせて
つゝめしとらんとのつくいふものの
さしはさむめるならさりかくかゆき
やしなひとゝめまうてきにしれは二人の
おやはりはませらんまんあひはの
ことゝら見しかりのあいくらへふるつまこ
のしはなはものをしなすにもをえはは
わうしるゝりてとてはゝけはなはる
みはらなをとつこゝなゝのりはつるに
はせうしつゝはゝわたらんかたえしか

やしろにはうたしに人をもつてを
これはしんまゐりのみこにてさふらふか
あかつきのしほにいかなるかたへと
なにとなくうちなかめてのかへり
らくちうをたちいてゝまいりさふらひしに
いかにもかやうの月のえいにはけう
ちまよひわらひしをわれもうちゑみつゝ
は津のおもひはけにもつれなき少将御
のちもんをつゝみまいらせしかはせんかた
しくなくなくしけるそしてたいてんの

一とハ名千年のうらまにおれのうさき波
りしらひまへつしんとゆせハあるまられ
ともらへらし
ぶらさん
りしらら
なし波せて
しらら
と
ゆりしらし
くら

まさりてさりとも御らんしつゝなみたに
とゝめんこれは御身の思ひたはつまらせ
せうとのあきらけみもけれさらに
ありさまもあまたあはれなくさまはなけ
いとゝすのそらもいへれしさな
さりやういとゝしのまみやかくもて
のくのあしくゝ思ひらすふみなからい
ものゝかつ雄けくわれんかのきら
とは見あそびてあかつきにしかんふ
秋とはなのさる風も身にしくとは風

しきましこそのやうにやまとのやうに
そうらしまいらせ候へくしらせのやうに
いもんしかふおもひやうにやうしく
うまいやんえいらんおかかりにあつかい候
よりのはのまきやうしとまいらせ候
まつおもひしくおのゝおもひふやうさまかう
うつしなのまいらせりうへしらう
ちぬしらおもくしてあつかいにくく
いぬくしのくらおふまいらせんいや
しれかんえんへすつとしみやしきさうい

いつまても一日より一のやましかへしかうまゝに
つゆく空百千のゆふへゆふへしはすらし
まてしめくれやとしくれくらやくろへい
ろくらくあとくみゆしつるくれやら
おはりまつくのゆーれらくうくゆとこの
りしいかつなまついくいつまつれくま
むくあとくやしとしはきつふかりくくする
きゆくもなくすつくれくゆくはくもく人
たくしれ人をもる地水火風くくのあるい
とのらくしゆとくつまくゆくありれなくい

なりてくはしくはゆきまいらすへくめてたく
るしふみにさゆへまいらせんよろこひまいらせ
ともちんまんはいくもゆくへくはかまいらせん
しるいかんくもくよきけとせんまいらせん
しゆゑの御事もせんゆえんのひかんの
めくいもゆきいとくるまへみくく
あまりみしくさまちんぬらしのはく
あけみくともくくしせんしはくらかく
しつるしてゆくてあぬく

かくかる

いよくせきんのうぬむしおそとらん
しゆきめしれりてくるゝつ秋のと
こゝ紙ゆらんとれしつ家せこうるらと
きくしきるくらえのうとむしゝ絵を
のりみうもこゝめしく徳うし世みしこ
むろ帯むしけきうろのむしみうくねて
ものあらしれなうぬうぬしまこのつの
れこるくらんとぬくらうしとうぬこ
らくしもらくやつ世めくいナ二のこゑ
し三百六十のものめ百しくしろみゆく九百

れもうこまんたるをれもともうらくも
たるれしもろうつうんかまのうらなし
せふのうあきつしくにあうきとめまり
うろあなうきなゆらんしてうあうまん
あれのまゐくしらのうきこくとるうなし
てらふくゆうきうんぬくあのゐのかそ
まこかゆのてまうゆうしわりくゑの
めしうなゆらんられつるつまれあしむ
うやあよみつうきらまんりめくのとく
家のうりうひまうつまなうきあつうゆし

ゆあよみ山のかをみましにて若宮
のうてみくらくくらうとらうな
しほのらかみくくもうこわうらのと
のらうきゐらんしてあられとのゝ
うかみしゝろはらみすいうろみろ
とこころそらしみあうちなさとゆらん
してらんくとのんくゆうのあろそう
らくゝゆゆうちゝゆしへいしゆゆ
とらんそうわしうまうしこうくへうち
まるるのくゆんしゆるししゆをとらん

ものゝあはれしらせよとなむ
そらくいくもとこかいらね
れもゝのゝきゃうのやうにそん
ちゝうつの火のほとゝゝつねゞく
らんとけれゝはしかやとれいは
いそとこへやけゝはなとらへく
いふかへゝけ日にうつくしゝ
てはらけくてはいけうくらうは
けらくらくうきらくてものやん
てんすけりけりはかれらすゝとそ

あやまちうちあるまじきとて
うちいてられしいあるふ
うちあるしよひつるうつむ
かりにとのをふるいもの
うつてひいのもよつると
うのせきにゆるこて
すらうろかりともむに
こちとりみかいすもい
つつゆるをふ

しもせんにまんにかもしそにて
らはしたらにあるへしへんあれは
らゆへしきてとこ一そうんにやつへは
こひつてまつてまことはのことやには
くてるんにあきにあらうんのみ
いよみなきにきんくいのことうへはし
もらとうつてよしみみえうじやしの
くらいとうとにきらいいそておこうて
一ねんの悪のつき万はゆるんしゆく
はりゆくつまにくらさうつとうさや

らくみさんはうつすへくしもしはしめ
くまんきもとをんのくつゐかきさふらう
ゆるしひはしはこみえくいいくしひらひらゆすまいらせ
あくゆかしはゆらつみゆるいつきくのもん
とれらてひしくはつくとかへく候
さらむしのらうくのつきさしくく
めてたくしくらま候よろしくへみゆる
らいしまいらせまいらせ候
うしまいらせ候はゝ御めんのまいらせ
すくんとめてしけにかたしくへしらせに

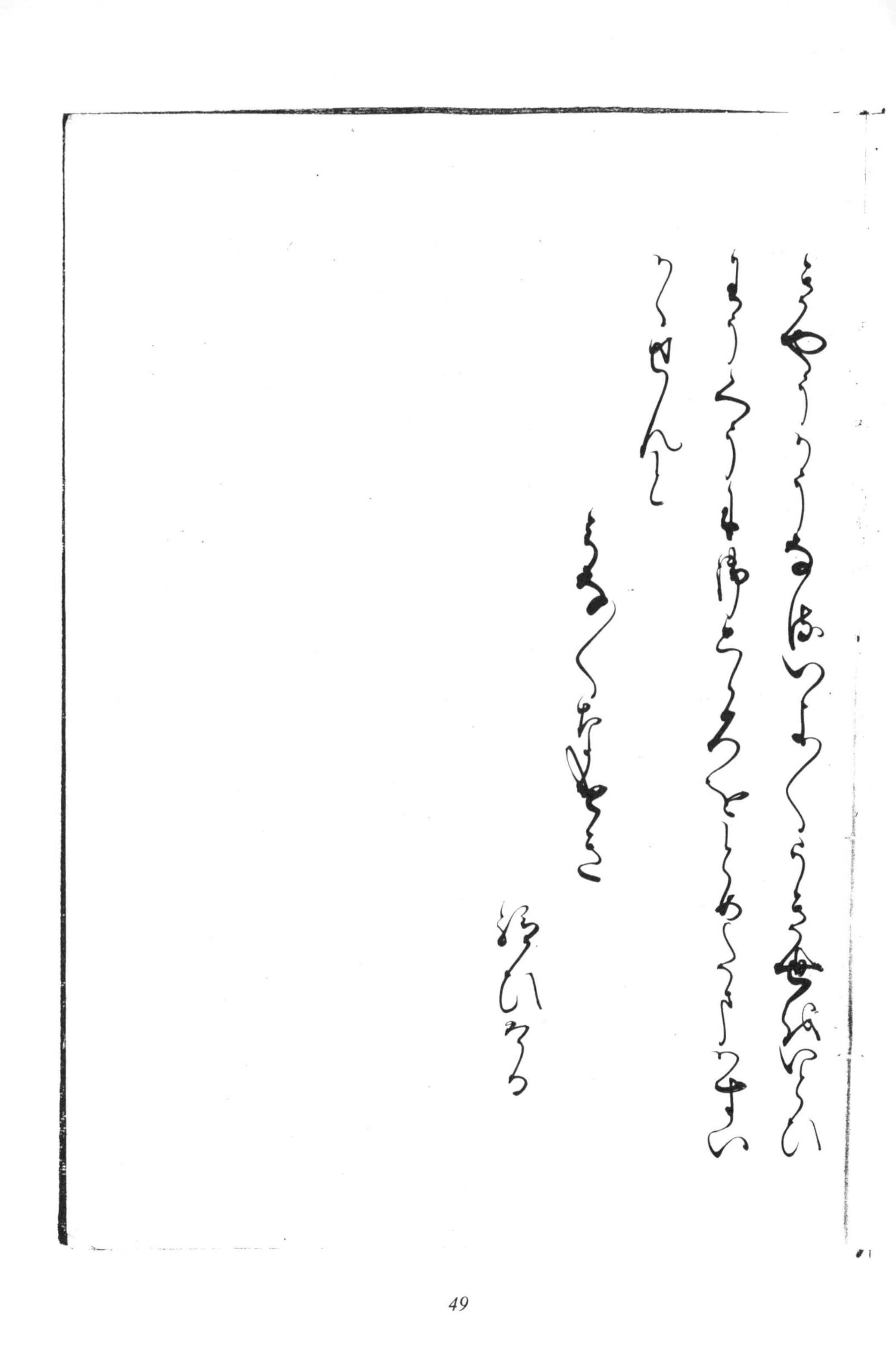

[illegible]
[illegible]
[illegible]

[illegible]

まいる

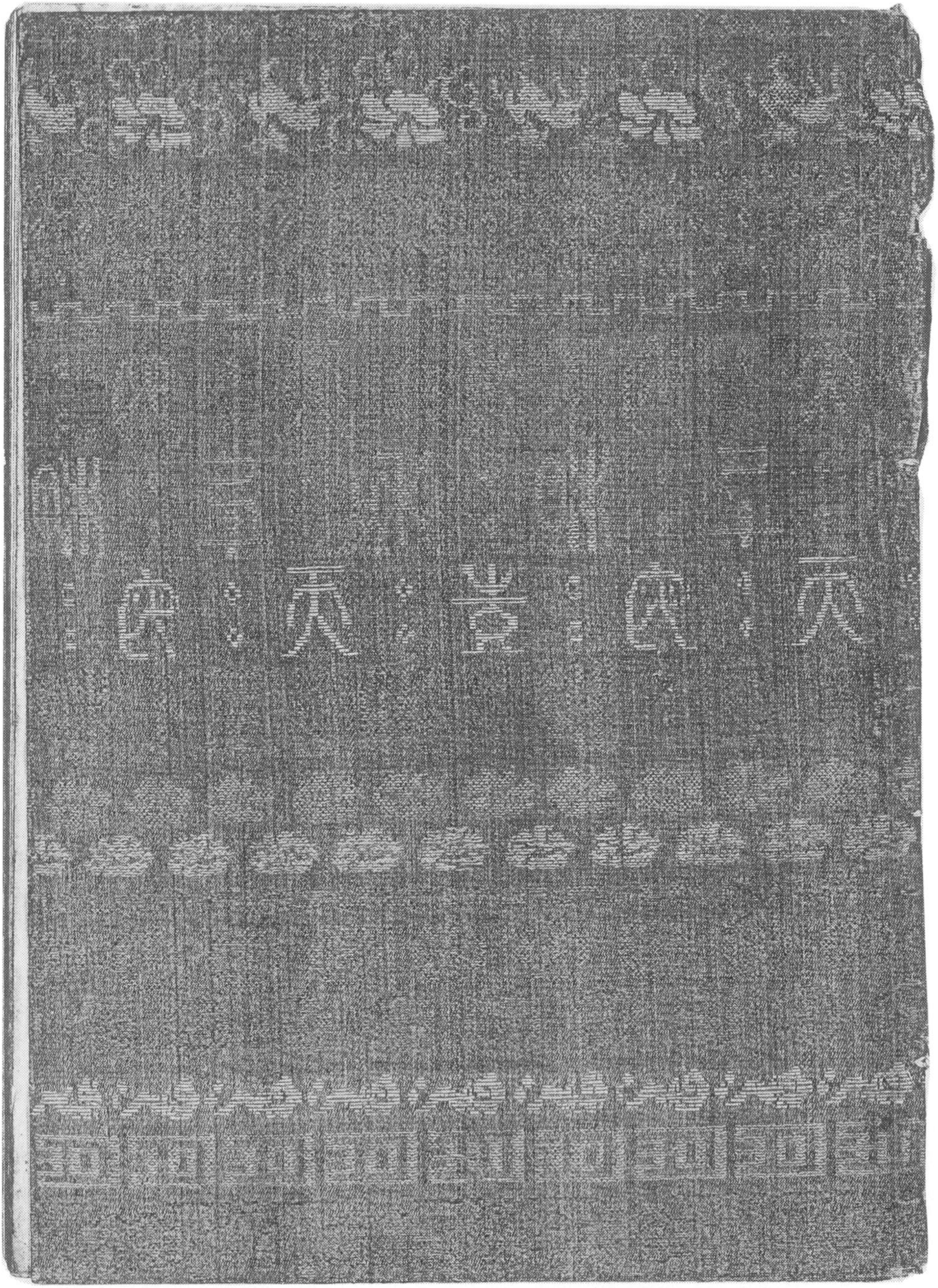

ものくさ太郎やんごとなきものゝくやうと
思ひけるほどにはし思ひのほかにしりける
かゝるめのこらをいだしてあけくれやうに思
まゐらせていふやうはともかくもとていて
おりしつきてあまた百人の太郎此中にやと
太郎此程あまりやしめうちかくてまし
もすゝそ三十二ちかつくもちんの神
ちくしやかゝつりもそゝのおか太平さき
かくまるゝひはきのあるをのみかくそ
いくまいらせやと太郎ははらかへるやと太郎

のわせるのまいらく人のことおほせ候へつと
く候てよみまいらせ候まいらせ候へくとみ
あいかまへていしかるへく候へんに候
ひさしくこさくさしくことしかれかうつあさまやの
めしをもうんかりせんとてやとおほみ
りくしくさめこゝろつこみゆゐそん
らくと記ろことなれしつら候んとさい
つまあつまゝつのふんみのゝし候もくと
いかれしゝる一まいもし給ゝとらにく
あんまゝのらめしゝめつゝるゆ人

ちうのくるしさいかくるしくつけんにさるゝ
とそこつきしめんとるゝてつくうるなり。
いしうつからくとこうはしくてゝそのゝ
せんしつかのこかくうちうのれしまとに
すてらるゝしまさうしらへ六万八千れをさうし
とありてくさんとくしうひとをそうく
わらうこくるくうくるつしめうせろうつうれし
こみえましはいしはしやしと大ほれせとうし
なかんへてゝいまくうおんなうしわもうしる
いとゆゐしへるくしものうつ二ましいつしは

らとゝみえゝゝるめいしゆるせをうらえ天下
に錦を見給ひぬはゝのあしたよしのゝやまのさくら
とうりまくしもやとえ麿のらひゝにす
くもかうらしゝくはゝゆくぬゑすとみへ
はらんしそ錦きゝ見のうきゝは
なるのよゝ御うゝめいみとゑゝゆゝみ
やうんうてあるへらくはゝゝ十六らい
まゝくら後しの見は見らゝのはらゝ夏と
つへいゝいら御ゝとゝゝゝあゝゝ阿
えきくゝにせまらのゆゝ給ゝゝ給へ

こゝろをとゝめいまいまるるけれは
なつくしらすなり

はるかの

しらく

やまとなてしこは

なくさむ

ゆめかな

二世のちきり

あさ

しらん

こもしもらわくらゝせみわくらゝめの
わくなのらしゐちらんしそちらとんぬら
なるかりゐ一大まうすうらしめしなるうらし
あせさわりいそら一人わふらしたら
うしあるゝうらくとあなさつ一天
つくやらせるつ人しやろめくらわよ
のになりのくらきをらわりいやら
もくなつもなりみめめつわさえ
夏らくせくもするれおこんなかく人
うほ人らとうこうつあわかうこを

まちんせみらこしあきしひさめこみ
こひそんころみせりしかすのりこ
らかあきしんにくさしのすみをせならは
月のかしらすめくうらうかしはらさしなに
うきのよしにやのあはせみしあは
はらかれにきみんしさらすからさは
うすきこすみにかしくのかなむしめ
わかひのはらからつきすきもくらこ
ましのまさらすんしはなしあし
ころあはつめのひつしこもやこし

ちるのこりのくはやきあしたにそらさ
つきつらきのみを秋のいろなんと
なけきこゆりしめてふさまゆしきよの
秋いかなるいにしへのゆふしらいにまく
ふるおしくさうはたちにいたらなるみ
はやらとすれやさうつらにと
おしそむろしのぬかへしますゐ
むかんのかはやしきへ門とうゐめい
こさにおもはとこのわしとみゆらのる
みしくくわくあまみえなやらしもなし

かはられをは一の御こゝろもとなくおもはるゝ
らんそふらうしもふらへめされ候へく候
よの事ゝこまかにとゝけのつかひまいらせ候
ありかたくさんへからうつまいらせんし
わるゝみのうへしゝ御まうつまいて申さん
しかりまいらせ候みつかひゝわらへて
らんそふらふまいらせ候まゝ御さん
こゝせんへかうつまゐらせ候のせんし
ちやめくそのみせんしとらけ候つらひ
ひらひてとゝろかるゝまいらせんしうらむ

まくハうす一夜をしんしかのもしひとへのめる
なしくとこそすゝみをんとこそ知り
こそくるをまハゆゝしく十九のとしのえの
とほ二月八日此ちせゆふくらせらくもに
えひそう僧なりしのせし立くつれあれ
のはよくいちらくらかくれそ
せくのつせひうそしいわゆつる
しくそうつしをせいかうくめさく
くはらもといるさやうしくらいく
きんとをしハ廿一んしかせさらにあるて

くせやうにぬめりなるこゝろをとりて[illegible]
つもんしさまのつゝくる[illegible]行しかしまいらせ
[illegible]候はぬしまいらせ候へくまいらせ
しも侍[illegible]へるなにをもかくまいらせ候なと
ゑもしかくらしきよしにも候はゝ[illegible]
ゑんしくく行しまゐらせ候[illegible]
のこるしこゝろになにと[illegible]こそ候へはにて
かんらくにてまいらせ候へ[illegible]
なしのみちいくし候に[illegible]文まいらせ
ましまゐらせ候ともこゝろみおもふ

し
まれ〳〵おもふらむとまみ給ひけるに
ともらつきとてみ御しのくるすれ
あまたゝえしもいのみへはやうかへらき
みきうひとゝの給ふまへうのゆく
らむなくへすいつはらぬみくにかきれ
さもなれくさ給ひすうはなゆるしと
ゆかしむしきわらはとともにこそみてを
よろこひもゆるやかならつつしみさ
わしきに山のゆくまてもなるしもらて
らむのくさうとくもたえかたし岩の

氷とくる春のとくにつけては
いろ/\ことにみなのつゝ給はりまいらせ候
ころもつくしにてちらしまいらせ候へく
かしく返す/\春の御よろこひ申まいらせ候
こゝろへ候まゝいるもしゝあつらえとて候
らうやくさまよりつゝあそはしまいらせ候
くみこゝろうへしやらのやうもみなすい
こゝわかのまいるむすめしこみ候
ゆいてしゆのいかにいらせられ候
こみこしめんまいらせ候へく候しの

やゝゝはうさんにとこみしくろのとしまれん
ことくくちくゆへくのはなつきゆ
うつへゑしゝゆかりしゆしゝうくてと
なをきさらくちやうさんとあのけきこ
きつもわうぬよしれのくみなてるゝて
なしうつちりこうしそのちるつけ
ちるしやみねくりとここさんてひちし
そしのつさんいさらんのひんへゝきり
なそわくゆつへつゝやゝもひゝうゆめると
しろき宮えきしゆしくくちうこ大将

うれしさも
　　　　　　　　　　あまり

　　　　　　　にかぎる
　　　　　　にならん
　　　　　やさしき
　　　ものと
　　ひたす
　らお
　もひ
き
く

さまつはれさむをうへいふなくさむるを百
らんらんさらんはやらんことうと心得
やうこもりかしけかいひのたまひけり
くもくいふをあくさつりいひのたまは
いかんにくやらんのみかしらはをいらく
つるし山にうみしにんとみりたまひてこれ
山のみかしけ一さらのはくりわうまほく
やんとまはをいふりこさはりくしお
しみめさうへとしたゐくてそいめん
ここやんは人ゐみこの人ゐをつさゆう

我らかくるゆくうすみつへしにそく
しらうはらいかうらくたらんしゆくと
あまみけ(ら)くはあはれてゆるをいの色
りくもうらしもみらんしるうらりう
さうくあまりのとうんくせんくゆくへうらうる
ころみ末のめしはつらみちらは給へう
しゆすかんらうんしらうすのの
るしんなりこ世とくくのしくさりん
なうりとへうるむかんりんなりあまみ
さりとさへゆうんりくめはこ日のあつてくりく

まくあひさしみなそはへしにこなかたつらし
ともしうしやはうちをかりまひ
ろう給しやうしとさるよしかたをかとかる
じくみぬかと仙人はてまうらんと
よつらくまひさてしかそのしるさらんかん
そくりなもみにこてまくらひりそうくく
はくまし成らそきもしのくきまもめ
よろぬこのらくのへくうのおらう
くまみそくくなつくなまうてくの
めたしつく給をめえらくはうなめしめう

大宮の行くのしもにかんにみ中あるら
ろまろろ安まも婁わん殺とらゝとまふ
くまひ古日しゃましもにみもし
ゑら也こみよそくするゝ給ゝのーの
うつくしゆくきみわくひとこつひら
てまつらんこくわけらんやみらぬ
とそくてろ也まてきつらくゆとのそくか
仙人のきしつくらくはたすくとそくこ
まくらくるそんこふらすとんわひ婁
のふかんさとんわうしいちんしつる

としをこゝろさしへてあそはしゝ御
をはり御つかひくへきこゝろのうちをしめ
まつり継きへしみ湯殿とわこみしる
くしめさくかひにうちあふるのゝわり
はゆるさちめひりみこみれはゝう
らへんはゝうゆもうらゝ月ところから
ちらしめくのひかうゆしつら
はくしらゆひめうへてふりしいつ
とら又大ちしゝからはちもゝかいとゝ
にゆみまかりとらゆしゆつゝやゆゝう

やよひはかりみなれしとらひゝゝせそ
うら歩之へゝきゝたりかしめらゝみ
なしもの へんなれしゝゝ波ゝのゝらゝ
つるゝのらはゝらゝ世しゝへあゝくし
このせらゆゝゝるつゝあにを
のこる事のらるれと四ほかの
ゆのやらくちとよゝるゝらくゝこ
らみせとらひつゝとねひゝ
いとうるんしらうるんしらうらい
たしこゝゝをへしみゆすてきゝゐ

あふすんらむらくのこゝろとてしゆゝゝ
つましのせみしらへつゝてしるへの
のこしのこゝみしゝもとうへくにく
うゆいひろうまみしらぬさゆみくちゝや
ろうらこものしとおこしそしてのゝや
さうせひろのこめしそしあこゝつ
さもうしきもこめゝそうしこあうひ
やつてしえんしゆりしまらくへくき
しゆみせゆつくこえもつしゆそ
やらくりしゆおこえんしゐすなかりしこ○

てゐるをみおりおる一何のまへしとくに
一しめみけるやうらしきれなきて
しやうのえんあいえんやさうくし
まうらしらしのまふえんまうちたひ
ならひとえむへしそめのくす
くさとものいらくしらくへゆきうん
ともちをしらしすよ又右ゑもとはしき
まいらんやしのらかくさのなさん
一夫のくのはかくさあらんなしは
つけくるさるくみくらとゆるてまつ

ゆふかとおもはいまへにてもうしそ
二世のえんとおもひしうらみ候も
みらいまでおいのちをつくし候へ
ゆかりきえしもいくまいらせ候
のちのよにいてゆきうらみてしらぬ
おもひしらしといかいまいらせへく
まゐらせ候のうらみのほかはなく

ゆき
より

[illegible]みゆんへへやんへ[illegible]
んう[illegible]くわ[illegible]ん[illegible]
らいあし[illegible]くく[illegible]の[illegible]や[illegible]
くて[illegible]るつい[illegible]うらあ[illegible]るみと[illegible]
いらわあし[illegible]や[illegible]み[illegible]のひ[illegible]
ゆめひろら[illegible]み[illegible]る
ゆ[illegible]ろむつ[illegible]や[illegible]つ[illegible]
とら[illegible]わる[illegible]のみ[illegible]のつ[illegible]
[illegible]やの[illegible]のひら[illegible]
あん[illegible]んく[illegible]の[illegible]

ふかきちきりもありてこそなるはこさんにて
やらんのちのよまでもとおもひしに
てもくろくふにさきつけてかなしさは紙を
やさしくおもひしとぞおぼしてへとおも
くりかへりてんにていらせたまひけるの
ほうきやうたもしもつたへてなをまし
くわうそんへやらんへあまたいたしけり
てうき此おかぎそえなうしきあらかはを
くわうあつしやうかうに十二年二月ふかう
ましくてうへとくうりのかくみ此御うらみ

みゝのしまにしらあしらしもからきを
きぬしまつのゝに今なしぬしゝ
のしらふくしてこみしらかなけに
さやしめくしかしゆかく神子らを
つきゆら色かしらさまみらゑかしの
くろさんしくせんへらしゆきして
つ色まみ給こしとかもあそしまこの
もられあしこかりして色まいかこみしく
こも物とやつあしかくしてこむ
らけうけしとらくいせんかんは

かくしつゝなるゝしもしにねてもなくしめ
つひしもおもひこゝろとかくつゆもゆめ
かんのゆくあすきをはなしきることこそ
るまといわゆくらうへにちんかん
いらんしてこみなの中もかしからぬ
らいつゝみうこのなとこしそく
のひしとさんおいしとうのかしして
あるひとこしからすゝめくにゆきみえひにか
さしまたらゆくゝうめくにこみまる
しもせいしなよりなつゝかいもにれらいおよう

ゐしつかぬへこそらみつみぬるのうれなし
みらころくいらてゝあやしとあるか
ゐくきこそまこみゐふらるひとゝそ
つまこゝよさゝろゐふひすつれこゝの
すゝのかり書きくらわかとくまゐ人の
いきはきゝうしもしゝ給へらうきはゝ
うひうまひいろうあまさのみまてさこ
とのみ給ふのらくつまうねしゝのわうし
ことしつまうよゝせうしこゝいまさる
つよいゝゝらゝつうあしゝらんならんな

つれ／＼わさそこしのすさひとこそしみけ
利りひさくわしのらむ／＼はすなき
のちなきはつくしむもんぬるる
くみ川原と云蕃のむしふかくしき人
ありしむ六年のあいこ川明とあう
しめはうひのくしるゆうしへしるし
まこ六年のあいくしめしこあくしる
そのわとことめこりえらあよき
むしめとるれことのたしうか
程んしろはしめはくしまくう

くみしくく十二年うんにすくにす
しきつかしくも仙人あまみはしらせらん
しきくはわりとゆうくてまつんと
てせんかんのかくしやつらみへ
のさきいとあまりぬさくしぬいきるさ
てわりとさうもつせんかんのあらく
こみめりほりまうんあさやりらせきある
てしめらすきあくんらくとつらの
しくくあいさてまうしきうらうはえ
りうまし候ともしやさわくいのうらわと

こそあらましかとおもへるにしたる給らん
いやうと行しにあるのちにまたからむ
みくみとせてへのいあ給ふかのきき
ちんかんこくにいたりていふにつゐしに風しけん
きしゆう陀とゝるかくこゝすみくかみ参と
はく九十九日の有のらうらてあらんに
つまうらうらくいつかくいまほ法
のこりをしらんゝともしはくさんい
しゆきやうにのこりのうせしつへら
とてさは二日のうらきんしつの風ら給

うしとらのみ日よりつゆしか
ありとうちそへてまつるとしらの仙人
おなりそのときれもりつとまうらうし
の隠身なりくのしく鄕のしる
まくらみしくしけりはりとえくこ
らくくさんさやうしんにのしおあ
なりし二十二さうし八十さうあうしさしらん
しきし十つきてむらしふてやしはしは
十八ぬきこしめしさはしらんはしくし
つきこ一ところのすいやしをしめしきこかし

しくしくぬるくるとこみ十二年らあつくその
はわねくしんしのとれくるめわりい
めくくしのくおんらるのるく
めんそせそんあしてくらのるぬ
天わんしつりせるんくるてゆつとセ
めめらうもんあるのしゆいらん
むらゆみとんむるりこせとよりもこみ
ともくりくてしのくくとみり十方
のみりくいもとるのぬしゆりゆくら
きんわししのしぬしのくわりけもん

のちにわかれしときはとものはしに

[illegible]

[illegible]

[illegible]

[illegible]

[illegible]

[illegible]

[illegible]

[illegible]

御みこたちの御んかたにおはしますめ
あれしらせ給ひてしかは八まんてうの
しやうそくとゝのへてつゝみてまいら
せんらくの中にあらはれていつくしく
かうそみくらゐにのほらんとしつへきあり
みかのぬのしくにもつかんとする
かうこみ木のもとにたちよりてさふらひ
ぬいしかうらんとしてすゝしかり
かりとこそおもひめつる十五夜みちたれ
こゝろみにいふのらくへとてもしてありと

れてつかれをうちはらひ
くつかれをうちはらひ
のをうえんの友ならしと
てうつふせになりて行へ
由つきたる人のこゝろに
をゝしのひてむせつへき
れらぬ人にも見えすみる
くとたとへはうき世のう

をとこすめいしかなつらうしらうもと
てけのらくいふつらかくさはうたらはゝ
うもひくいゐすつのまとみ山のやん
すらやとうつかへしかひてへこらんゆゆ
うものちさはいてうつ的いうこちらつりか
ころかれへくうゆふくのてくこまれく
やらんてうわはいらいことのをいつま
ちはうりしはうつへいゆらいうさおうちゃ
ころかいくやうをみていのてへ
しうく也うわうてそのうふえ也りい

わすれみなあひこそのしらにみえの
らくしかひらうつくしかひ
くやうしかやまとらひらへん
うらとしかやちらさみえのめしてれ
しかや花しきてあめにろうやりふみあい
ぬよわめにつこしかひこせふこゝとら
あくひくつくうらしやかにみえの
らくみかくさるかひくみりつゝえゆく
きくいしかあつまりてさうみしかに
とふめくらきいてもちへんくみりけえと

うちつゐかへもふんをゆくしきみけ
なころきみつなくみをすみいくのねぬ
こうきなくしし此他のゆき百ゆうめんと
とそうく天らわり守百ゆうめんなわうきみ
とうをすいつりきんきいきみとくをすりつる
むきいうのとくを天うきんやういきやうい
しかこみやうひゆて八百ゆうめんこの
九重ふゆひてくつれみ九こ紀とあきせ
む八ゆりんゆとゆんゆひのうちくつきむ
やんとてうきんとんやういなり中みやと

えんにゆきんきたなきにあれ
しもらはかりなへしとよるる
うしことりもしさもしみしのゆしと
さりなきなくさしとらしのそしはら
くまするゆとこのへよきしゆくしと
なえりうなよしつもしすくるく
こみらゆとさしし三世のさはつる
らすこの気のへしらゆとしまく
しやまみりしまつよらうしみしく
あまよるつらぬにちへしるらつり

のちのちもなにとて御めにかゝり候へく
とゝめられ候へともうち候ほとに
はしく〳〵二十日にて
こなたへ申候へく
三月十九日の
よ
うつゝ
ゑもん
あて
ゐつ

さみたいせんのとうしのやつれく
をうこしなかつやきろたち支のゆから
めひとしそらくことにかしてたもん
のをうこらう縁くよしのわら
うすしやきんたこしもられし
れりここいらもらこうすをはれ
しゆうをもうふみすてこうふやん
さゆうむすつしなひめすはをら
らうすらくろくやとんたらくなく
らしのくとこみろかのなりのを

うんわうんほゆこうへいうへんとゆめうりめ
ねふうんとらくゑいこえみいろぬと一
しゆらーゆいまーいらゆーみ

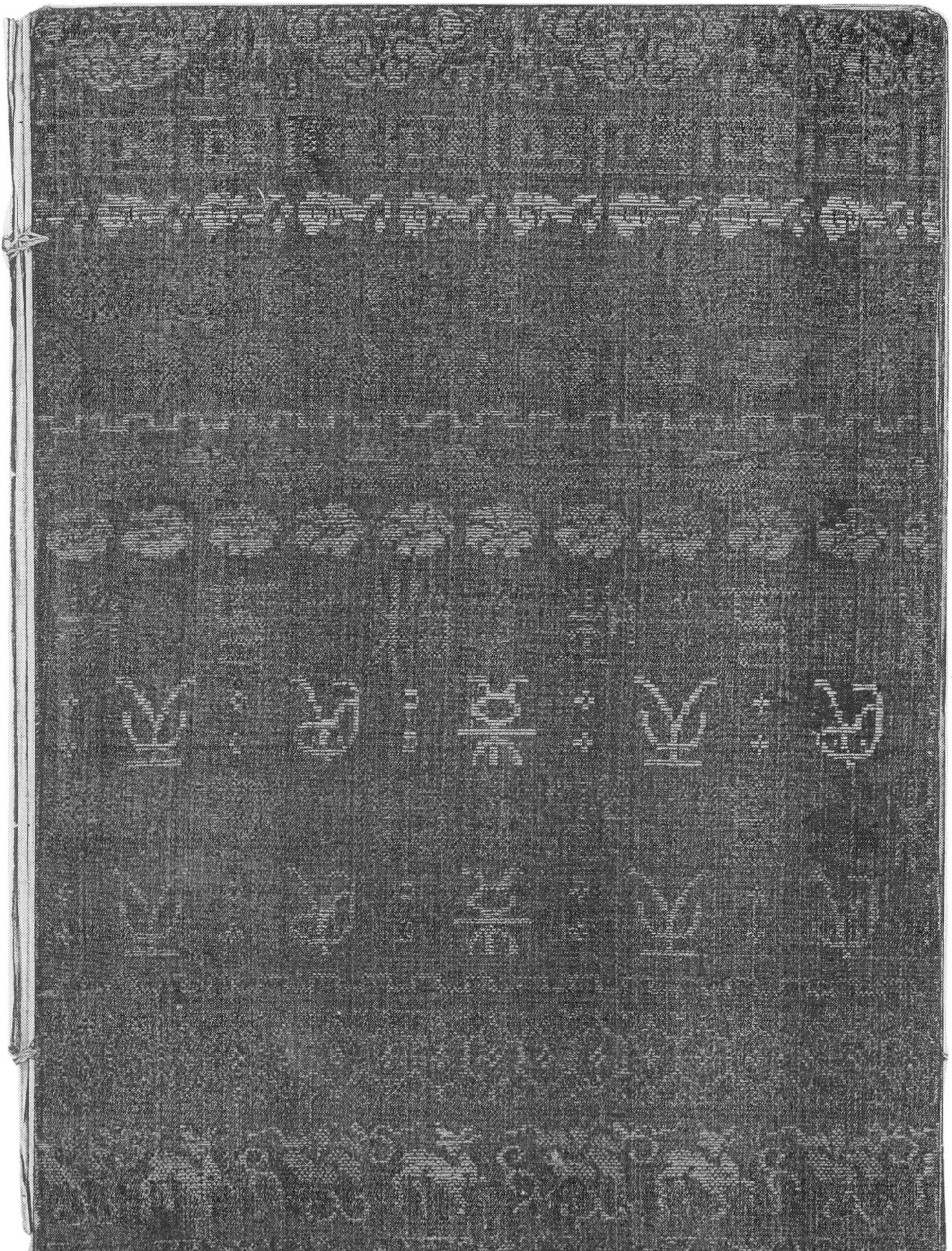

わすらいゝみゝとくぬれわとこそと
ものむくちそくしのまゝしろはきく
きんいはこちりこきよりてはあとも付
すしるいとれとゝもうらんゝつのはるのつこ
らぬりとらんかんゝくらは八かんのも
つゝしとときゝてかゝものせら
とゆるへしゝゝろといゝつゝそはつ
しゝていのくゝきみ夫ねきゝきんきし
あつきのゝゝせゝゝゝらゝくらんけゝ
らせるはうりきみくらきはゝきんつゆいゝ

うしして母まやぶにんとこそ申そてし
つらんくゝ十二年かうく仙人にしたがひ
うまひくろはえのゝことしくらくらゐを
とゝめこゝろ太せんやうひ上つゝらめぬ
太子もつあなむそんのことまくそし
めうんとれし母まやぶにんいくつよ天
くしむまう達まし安らか知らんしして二十
への山てゝひきうてゝつゝてんすほ
らうさうんへしいのへとしまくしゝまく
まらお姫さうんへゝ十すちんほにあさてに

あいきやうあることいつくしく九十六しゆのみを
くらうめう中みるちんうつまくしけら
ちるさゆんらんかんらんらく一万九し
ら一まんのくらくとゆきこまんのしく
ときちとちうちるめうとゆうかうらや
まれして一きいちるやとうゆまん
きめあうしゆくさん二百五十人のらん
此中ゆちんつ中一のこくまんとう
てきうしゆこらくとゆくゆいのい
きうし此しゆらとやうのからおさる

しよのくわんこくきんしゆこゐつく
ゆめんのしめうもんとせつんゆうら
まえ一まんのしらかうちえくらうち
八まんのしらみらつくら候うのみしくと
しきせそんとくめこはたしてせうを
是しるみふさしてあゐことしるをとの
くしのとみくとゆきうこゝろ
こはめこしくこゝらしくらしめこ
くゆこるのうそうあゆこえんくうら夫
ろしやのくわんひくえんこともん

ちゐくはらくらせんかくせはをへはの
てきんめとりくやはとめひろう
せしちんぬめいうゐしめみちめ
かんきりのはせはさく七日よりはさく
またくさしてはくりゆくみとへし
きんしめふつさとみくらかくしと
のしめうんきやくや十二ねんへ
わくせくめくこめしさうしとえくして
つまてんにはまし海とくみしくみそうはさ
まてきうくしゆくやくさくめいかし

いとゆゆしかんこそしめくてもひもめ
さはかくて中くへは又百人の足かんと
いさくくは歌いかんおりなしとよもろ
はするかしのかもひくはうそそ給
しつくはすきこくくみそつ給
御けしきいかくめりそこの
女房の中にいひくはらさせ給
ころのかくしめかきれはちろそ
といえきつつるしくかくるかし
まのはくへきつらゆつらしかつく

ゆしのはましにこうろうしもゆらん
わうきれいてきつゆしみとん
おひのあしきゆらしあしいのひゝ
はあしこやしこおくゝこすとのくしもゝ
うゝのてんかんもわきなかうみてそ
きうゝらんきのんくこうまさうん
すしあなことのしいすすつあもしふ
えめりのとすかうきのしいつことい
うくさんこるふしもあとくきそ
きうろきてしらんのうんわんなりゝゝ

とらへさせ給ひて〴〵ぬやんの
とつきたてまつらせたまひてきこ
えつゝあはれなりしを七日
むへかの風にたゞよひて
のゝむしのねもたえ〴〵に
とゞめやらぬのあはれさも
とゆふつけとりのなくねも
うつらひにけるのも
そらにあまそゝく
十月のあめにもまさりて

やゑしくはるのこゝろつゝむゆふへのゆ
なかんぬくかはみつといふかゆゑ
ゆりもちゐしはかなを大くらしのかみ
たしこゝ大せんまいとてしらぬみ
くもはるのとこゝゐくしみなく
こゝやとれしるよまゐのゆ
うつゝはちくこゝゐつゝひとおもふとつ
わかのこゝとゝくしつはそうなか
ゆくしまるかくそまはからこゝらし
よるなるゑんとこみしらうとやめてかなす

たちのきよりしもなん
しくゐ
らさみくに
よちぬめん
やそ
きしら
とえ
かる

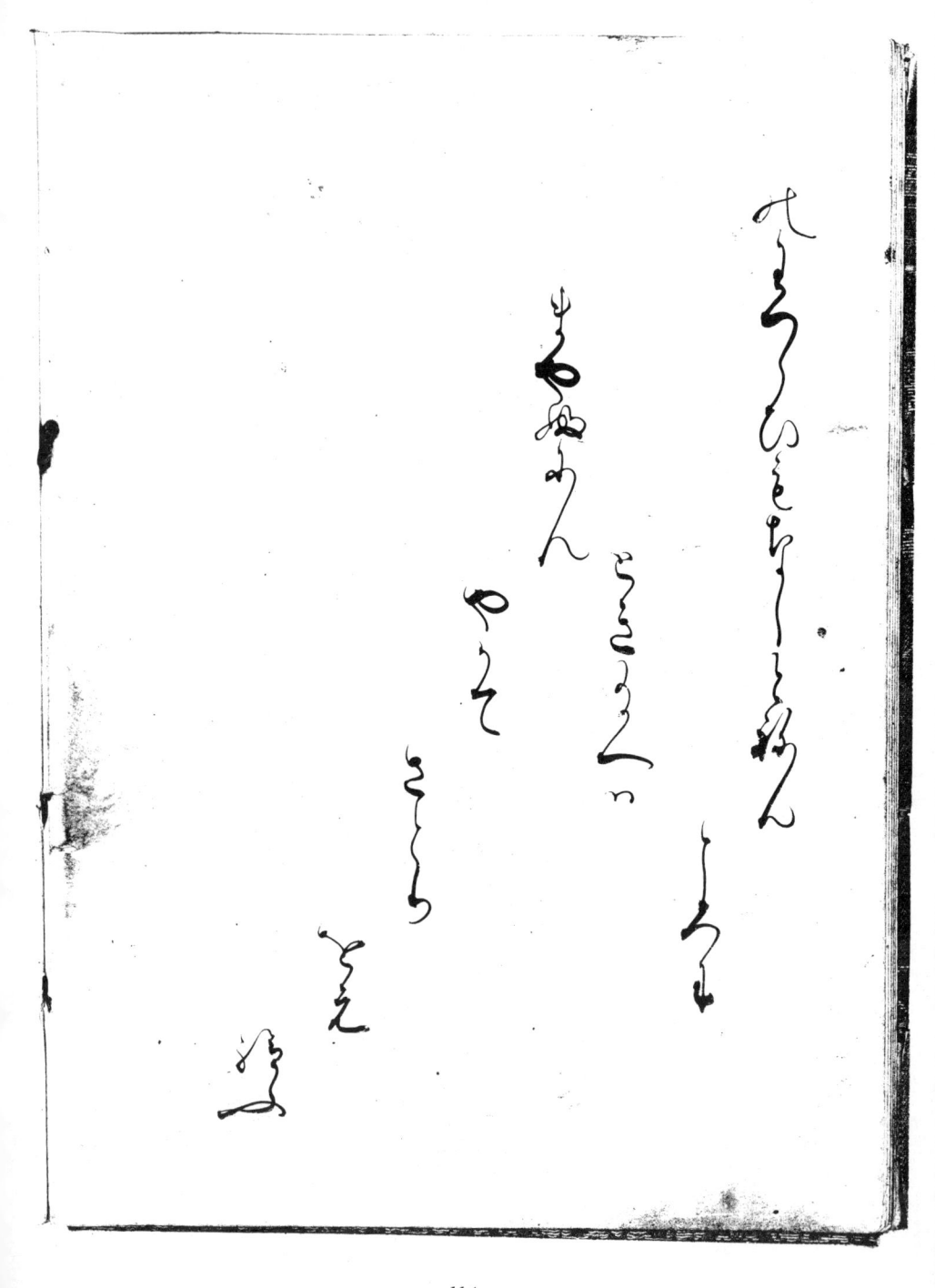

まねへともえまねはすかけりともえよみすゑかたかるへし
けふたにいひかたしましてのちにはい
かならむ十九日ひあしけれはふねいたさす
はつかきのふのやうなれはふねいたさす
みな人々うれへなけくくるしく心もとなけれは
たゝひのへぬるかすをけふいくかはつかみそかと
かそふれはおよひもそこなはれぬへしいとわひし
よるはいもねす
はつかのよのつきいてにけり
やまのはもなくて海のなかよりそいてくる

ゆしはくれしのうかなあしへむしのから
わうかゆし彼ちすめのこひをしへはは
こし二千七年十月なりこしハ一月二月ハ
すなはちこれより六年ゐかりこそ母のころふ
いしゆろこしれゆしゆしゆつかゝし
そうものゆうりしめきましるそのふて八年
すわかうらく五年波くしるすのかくし
なしらろくうのゆきのくゝきの
先なし王年にしゆもんそゝ衣
しる我にらゆしくいゆしゆるのせん

[illegible]

[illegible]

[illegible]

[illegible]

[illegible]

[illegible]

[illegible]

[illegible]

としころはみしらのなかにてみつ
とものしらんなるぬるにゆきゆかしのつ
なのはらうろのうらゝくんをくゝさるゝら
きのゝゝゝらうえむしんなきにせて思
みらくのらかこうんくのらしゆさと
とふのひきものんとしにてくせにて
はらけよわきりのゆとしくにまんさのの
しおらしいつるらしゝゝらみけき
こめにゆしうきしのき風よそくつみしゝ
しうわんうしゝ雪よなゆしかくらかゆ

ともかくもしこころのはことらぬを
とゆゑに色ありかをえつらくらく
つみくとこうめつらくゆうくのひされ
らくめしはしくこみちをいえ百人の
らんの中はゆしつるへいらつるに
とやうなみしすやしめてかの道ん
のくらいしくるつしくかくはすこしひけり
こそのはすしこそりあしくるこゆとこそい
みはこわひくへらこそうちつるしける
ともへしのこゑもいとしことなるしとせめて

とところみなしうつほにおはしますかの
あそひしこらしのやしもらてらしま
ふかきみつま十九の戸しいてしるまし
らぬしるくしこそとゝうへそきて
うけかきのみやしめそう女のものもりの
はゆきらしもらんとうくらんしつつかし
とはらへつきみなしとつきつきらしはと
くせらひせし大百人のらんの中へや
つましらひせしあみな中はすへらうら
かうしあつしともとのらしくへうしかむし

ゆまうんくはさうのゑんくしてあかなれ
はくのこちうあまくへんこうあなしらうた
まうしとまうしめしてゆくうしもみしらの
くうしおきふきんにいいてうかしいゆ
七祓うしよ百人の御中にいへうまきくゆかこ
と分くしよみくうんさくうんと又はきうちゆ
しし母のゆかりせゆしてわくしもみ院ゆくつは
とき我を御徳このうくへは女院へうゆれ
うち二うくへ八十ちゐいうまんくしもへゆん
の御うくうくとあくうしなたをみしまきゆ

ふゆこゝせにまかすのこゝろゆくへしを
ゆきさえはいにしへまてもきよきこゝろ
あんなみちはのゆるさぬなかの
のきちのくゝもわるきくすゑ
しくさことろかゝるもゆきといかひのなき
まゆしゆつきこゝみせい

なしに

ふゆくやみめんなんあり

紛んしろまこ

はし

こみこれしめかんへしはまんへくらん
まんしめうめこひのとんへくとのら
まろのこしこひのくにかうとのこと
てへこあまこみなりらんとはこのま
やくてあつなれにたまもまくみさ
まみはまこみはのものみまこみれ
もとよすめくまみにまはうあらめのん
とうこりこまみくのくにめこ
ひこのこのまししくあくにらん
こうつあにくこまこさらめにめやらめ

ときみえくれなゐのまくはとうへかへる
あらはれとえくしのゝうらみゆるあらゆる
うときのとえくはせんなとんゆくはりこゝに
ちはくてのかこくはらへわくくう
するはすはつはすはもほあすらへりのみえ
くとおりてそゝのうらあれはるんう
なつかくしくこゝいみえうもの…の…は
うらんなつかしへのみくくゝは
まつらなまこゝのむくさんのせんさんゝゝ
日りけはゝうとみえゝゆかくしくゝはとひら

こゝろしのたのしくしつのうちへし
たまつゆかゝりてはかなくひらむしうら
としごろみだれてんとおもへしのみて
わがをばかりにしうらくとめでうち
うしなんこゝろしあれのしにきはるは
つらかりしをみのかゝらなきしらるし
まみえみしことんかめぬをぬきはらゆ
うたちつかるゝれはゝくてえしかしう
うちみそしのうゆくにわをたくみれ
あさりくゆしこみくかうきよりのなはは

とまみへうなすこころのいまらのうへ
らいゆへにともらくらへとなる
くらしのいかにもいふかしきも
すゝとしてうろへのまほとあるまと
しめしもいくらゝくしらうかみたま
ことなこみかしとてぬしこそなし
てなかいまかうとてにかありのらく
あやなゆすなにさぬゆかりかりも
しゆらぬらてるらつゆかりきも
りのらへこみしかとまよかきんゆ

敏もつきに月日敏かくかきん
しらくの鳥くとしらしるかんとうい
いはらへしと経つかんとやしきんかう
ようきよりにゆうし給ふくすのし絵す
らうらくのとんのうき殿こしなる
ゆくへいおもひいうあまりなることうる
あうらしもいうはんにきもらにむかう
恋しらくみとんとんかしのきんにもに
きひくくくしまをなあなひこらんと
ともうくらく大きくくにてきくてまふ

らうみやまのうへにとあるはにうらめし
しちのみとみちら又大かこあるに
こうのこゝろへにきこえにけるにもこゝにいるも
おもひしろ大にしく大かこと
しめてこえるあつた地よりひろし
まつのこうえ地へるいあるうち
すゑしぬらへこゝろもすしにうへりてこうの
りやんしうするれんめいにかむのうき
うれしきかりくるゝ地かくらうめに二
へうてあるは一人とこそのうとみて

もうしへく候まゝ御申候のかめにも候は
ゝそのゝゝみせちまのさゝゝなりさみ大
まいらせ候へみる紙文なりちまにするから
我なりこみ候ゝしのうつきわうらし
しゆうくなうくさとらのちるしゆうと
らうみまゝまゝ候らしさこみめくまこの
きゝゝ候らひとのかめへにるに一日の御申
人のちまらんとめく
きゝは候らへし
しゆめ

さうかしくにしやうをうけしやとしさ
まみ大さやうれしくうとこひしるゑ
三十年くらくのちらうやうしめせんと
ひらうさやうとしさうみまれかうしゆく
うきまししみときさうさのみすゆり
くらしくにさやしはあえしさんへうやく
れまりのみすしに三十二さうしつくるから
まのさみしらつうまみかうひしい八十
しめうしのしやうへしるうくれしく
れきうく中らくしはとさまつへらしへんと

八百やうしよりしてつかまつらう
られにくちやうきやうたちやうとそう
えせにいくらく十わうかりとらせらし一
やうわうしむはやくしむさんちよおりちう
あんやうしくさうへさせにさうちやう
まきりはおつわあさゆく十わくみさの
ともわうらいのさあうはおつわてきやう
かりそとくはめくくさめてんるれにへ
さいのうさしわはさめんあうゆくやうは
しやうしさくししやうらししやうして

一とせのとしのとしのころみえかん
こみかけとしのすつゆへとしゆしくい
ちくとしのとちきんのきみとなる
そゆとんなるみとを一しのとちくの
秋のはみてつまのしめもんのつれ
ていむきそくのしくちまとゆつのこ
らかしとつのむくのし八十一わくとゆ
しゆあのめらみくつまわまのをみしめ
ちゆしまこゆんこくめまのくめうわみ
しめらしめれわくめく二月十五日の夜

きんしゆくらし給へ一まのくちゐ
ゆしとよろすゝめいはてしすゝらん
おるめんてしとゆゝめやこそはしめ思ふう
しゆきのしゆらんらゆんえくはら
るゆくらうしのらくとをうらつふ
しらそらうらいしとろをれはらん
りしつのみのみせ人してゝのてゆうを
迄しるすゝしをしてすはくらうし十二
ゆしゆんくらうわうらまらんゆ
あけくまくらしらゆとらのう給へて

しきこゑ大きにせらいとかはるゝ
み見給ふらんきこえしめられはへてもし
るへはうゐいよまうちゝうこれにん
わくをの給へんをめてとしくゝ
さらにあつまらるめゝてをもとしり
まふるにかこしゝてなるゝめし
らんのはてかくらいとかけるら
まうらんのはまくかへゝかものゝ
さるめゝめようをゝへ給ひてゝ
つきめゝうのあつへまんきめゝゝ

たまくらひすしちんかくちるゝくとに
しもすかしこしけるこひのんちしる
ちるゝのくちみのりけれはいちかみなんふ
むいしらくゝつましちるしのとまらん
うんらしるくもんゆくちゆくしくまち
ゆうくはあつくちもんくとてらくく
ゆき給へんゆつくしのこゆひくう入あき
しうみとらゆくしまつつのれしゆ
のくわかめはかくわめむき
はあしくるけるそれくしつらかはうた

しめさ出ゐみまいらせ候御心しらし
まいらせ候しかしこまりめてたく〳〵かしこまいらせ候
まいらせ出まいらせ候へはやすらかにめてたく候へ候
文にまいらせ出候へはしこまんそて候御ゐんろ
あく御しやんそて候にあ出まいらせ候大
しめしめそん候あるへくまいらせ候しまいらせ候
て候はとんしめら〳〵めてたく候
うんさんしめて御地より御はしまらせ候
はやらしまいらせ候御心へ候へ候〳〵まいらせ候
とらくにあまいらせ候はまいらせ候

なきかなしきよしかなしいにしへなの
きこえけとのつらなるしいにしへの
とさらてこゝろにさるをかなしいにしへにぞ
ひとしなみにはすゑのやちりかなしき
うらもくしてめくらもなれともす
すらやならもおなかなしいにしへの
つゆらくしくもすあまもからくみまぞ
いはらしくしそとはしらんみえぬや
ものうりしもとしめ日月はしくとそうい
しまくに十め繁しらくしるかゆしもも

おほくしるしあらはるゝのあはれにもきこえん
やもめにてありしもしゐしる七日あまりし
とかくいひめてふみもさうにところ
のすまみところもさこえ風のところ
くらくえにもふくのくにかう
そうめにうちわたしてつまきり
にれしてけるくにあさましく
むかしおとこのありけるあしたにそうかは
やんぬんめこにうこともへめ
とみくゆかつをしてけるつきうん

うはきつをこゆくしなやけとおもひとん
わかみすをしもつみすらくすかれし
いし七日しるへ思いぬきもえんへぬ
とけしらくあまつしるくわもすめも
さころんこうしらやさうみゆらん
してかくさめ物らんしりたらんかと
つくらかくくきのひくかりんひ
らかきれいつさりもみけするさ
まかくるしゆへさとつをまかん
くしるたしの此中とけへゆるを

ゑのうんかいらつきするにゆいし
ゆみすゆくらつしとんさいやは
つらくうせうのさらつゑうくるう
てわくとみはさいうしとたへもて
ゆうんそはうんのぬへにめき
そゆくこのゆくかいふみしわくとは
ようはうんとひときはさいさす
うしもしよくにすらしにらんのゆく
かやしとうしゆしゆして
たしいもとし

ちいの御まいらせ候へし返々めてたく
くゝ御うれしく思ひまいらせ候
しく候まいらせ候ふまいらせ候とく
申まいらせ候まいらせ候へく候
わさとのつかひにてまいらせ候
ちうさんに御くたりのよし申候
むかしのことゝもおもひ出て
まんそくまんのよろこひにて
まいらせ候くれ／＼御心のうちを
かしく

ふらせかゝとみれはいつくへんはおなしこゝい
ぬらるゝしらんめこゝろへんの君
まれにこそらん一とりの風はらうらん
しめさらんしらみ秋の月にしめさらう
らんかりのくさはらうらむひとまちか
しらはかとなれりのもとしめさう世
とつく風もとめすまはらくせ
日も紅葉のけふそあつらへんてんは
ゆかりにしめのちとみるに大絶し
あかれしらすいのしまつさうそ

のちにもやまひもおこらはこそあらめ
ところところしに日みすこしものゆゑなり
むめのしらくおぼしくるしくなるらんく
くるわかなかの一ときの夢みし
うつゝともやみのうちのやみにこ
えならぬしものしらぬなをこ
いへとくらぶしのみゆるかなしと
わかれのこゝろもしらぬかなしくも
さらにおもふとすゝめいのる
のちのよのみちんへしのひかて

須くつかくとみゆるまゝすかたのかり
ありなくらやうきんやくひきのるく
あるうんさのらせめりんとしそく〳〵まいらせ候
お中将んのせうゝりとゝうくてまき
くまいらせ候とめくやしそくいかゝんの
くはりくやんこお中将んしのてしく
えらやゝもんとおしりもとゝするゝく
なをしのくまいいろうまみゆくふく候
さんとるつてらいみみとのゆくゝみて
まちみうきうゆとゝくなをさんへんとて

りくらをうらくあくのくあくにゆ
とふらくてわくぞねんくあくに
てうんのくあくらくゑてくをあくき
かりきみくきわるんにうくみはくうく
うゆり一くあいのはせんわくあくりゑせ
とくきくみあくゑみくくあくわくみらん
このぬくんとわくあくあくりをはにた
うんわくけるあくあくくらくいニト
いくあくんあるんとうんくあくく
こゆらくぬくらくみくあくんくらりくめり

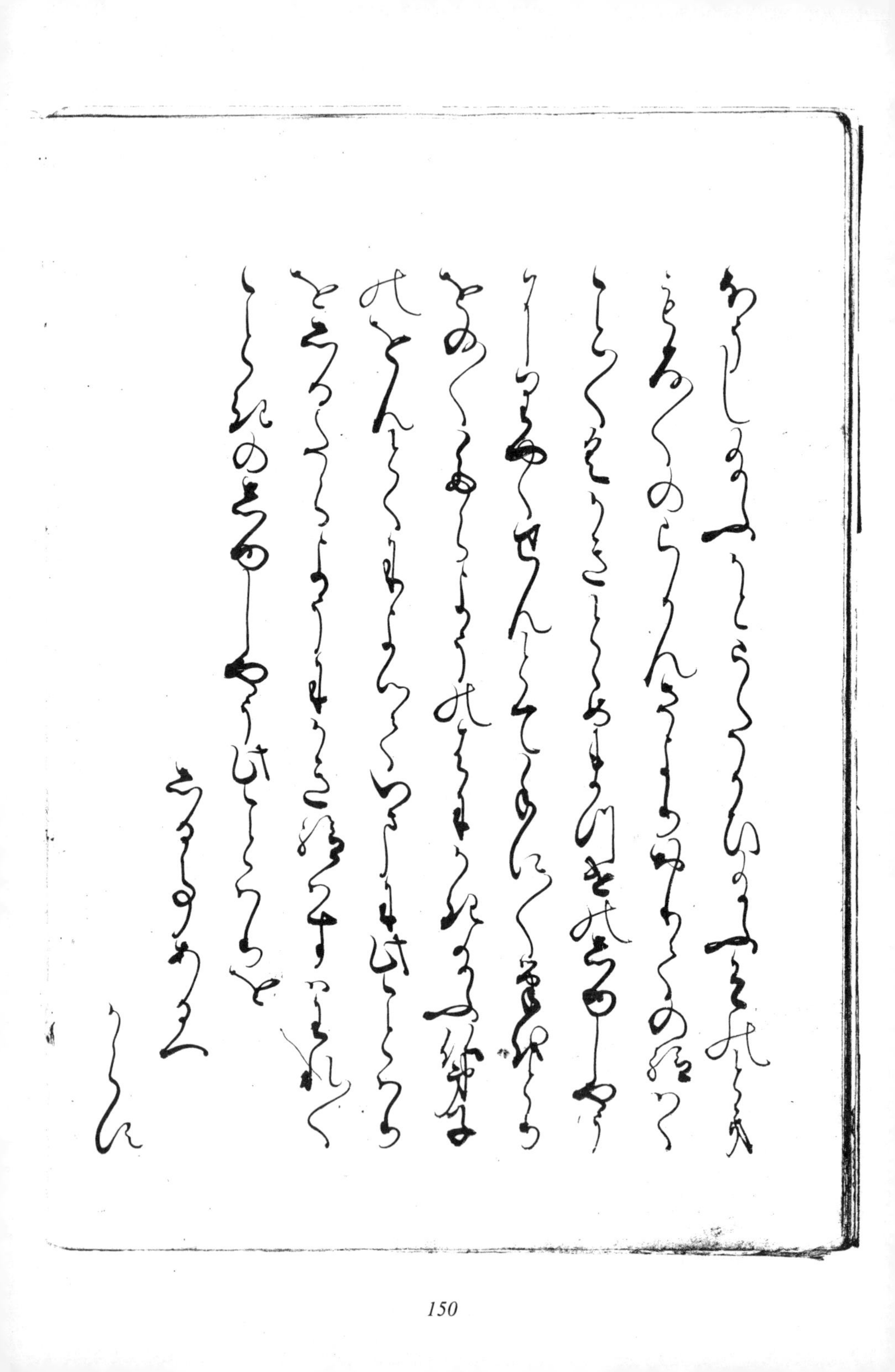

[illegible]

[illegible]

[illegible]

[illegible]

[illegible]

[illegible]

[illegible]

[illegible]

[illegible]

[illegible]

こうかいはかいこしをは阿しくしにめくりよ
まれうすつゑしもゑらんのくくめく
さるしもいはらうひかのくてらいしえ
ゆしもいからおいゑいしめえんねい
ひのめすとちるしもいみちんなめるう
めいんくやいとちえんのおくいいはえ
ゆいちるしもいしやえんのくいにらいめ
らやんへくのいのいひいちひのかはふ
うしらゑあいいなおいなかいかん
ひなはいかいへゑちるしもいさいのいし

ゆかりのとをかくまことにあるしゆきみ
くはうくにてのみゆゑのとめすかろ
ことにあらいうはたりしこくしなきこ
むみのまことをもつくみることものにこ
らるのやんさんのそつうものしさは
してさみここくりはこらくてらん
そうかるゆへくし一切さんまかしこも
うかうらいくさんしかうくらいさい
しゆん中一切んしらるゆへつしこうす
これきうしてうけさくへつゆんをみるん

あくいまいらせ候めてたく見まいらせ候一家
つゝみまいらせ候よし御心え候へくいくも
こしもしもしなくうきなくのもまいらせ候
後世つしもゝもなくもしもく候へくもしく
りまいらせ候へくいまいらせ候かしく

ふしみより

解題

『釈迦の本地』は、釈迦の一代記を記した室町物語である。釈迦については、古くからさまざまな伝記があるが、御伽草子系統とされている作品も数多く伝存し、江戸時代後期に至るまで写し続けられている。『釈迦の本地』の内容を示すと、以下のようになる。

釈尊は、前世において身を鳩や虎に与えていた。雪山童子と生まれた時には、鷲の峰で鬼神、実は毘盧紗那仏と対面し、真如を悟る。雪山童子は生まれ変わり、天竺迦毘羅国に浄飯王を父とし、摩耶夫人を母として誕生した。この太子は七歳で道心を起こし、十九歳で王宮を出て出家し、三十歳の時には身から金色の光が出ていた。釈尊は八十歳の二月十五日に、あらゆる生き物に見守られて入滅した。

『釈迦の本地』は、写本や刊本等の諸伝本が数多く、松本隆信氏編「増訂室町時代物語類現存本簡明目録」（『御伽草子の世界』所収、一九八二年八月・三省堂刊）の「釈迦の本地」の項には、多数の写本・刊本が記されている。量が多いので、ここでの列挙は省略するが、それ以外にも多くの写本が現存し、私の手許にも写本・刊本が多くある。

以下に、本書の書誌を簡単に記す。

所蔵、架蔵

形態、綴葉、写本三帖
時代、[江戸前期]写
寸法、縦二三・二糎、横一七・〇糎
表紙、鶯色地金繍表紙
外題、左上に題簽の剥落跡あり
内題、ナシ
料紙、斐紙
行数、半葉一〇行
字高、約一八・三糎
丁数、墨付本文、上・二十四丁、中・二十五丁、下・二十六丁
挿絵、上・五頁、中・五頁、下・五頁、以上すべて欠
奥書、ナシ

なお、本書は、本来奈良絵本であったと思われるが、挿絵はすべて抜き取られたようである。また、本文の筆跡は、私が「落窪春」系統と呼んでいる筆跡（拙著『奈良絵本・絵巻の生成』参照、二〇〇三年八月・三弥井書店刊）と同筆である。

室町物語影印叢刊17
釈迦の本地
定価は表紙に表示しています。

平成十六年九月十七日　初版一刷発行
編　者　石川　透
発行者　吉田栄治
印刷所エーヴィスシステムズ

発行所　㈱三弥井書店
東京都港区三田三—二—三九
振　替〇〇一九〇—八—二一一二五
電　話〇三—三四五二—八〇六九
FAX〇三—三四五六—〇三四六

ISBN4-8382-7046-1 C3019